君に……

三浦 真幸

Masayuki Miura

文芸社

君に……【目　次】

「君」に

詩や詞の中に「君」という
言葉が出てきます
でも話す言葉ではあまり
使われていないようです

「君」とはいったい誰ですか

それぞれの人たちがそれぞれに
誰かのことを想いながら
「君」のために
何かを伝えようとしているのでしょうか

僕にとっての「君」に

君にとっての「君」は――

深海

君の涙に溺れていって
気がついたら　光も届かない海の底
君の姿はもう見えない
手さぐりで探そうとしても
僕にはもう手も足もない

聞こえるのは波のように伝わってくる
君の声だけ

今　心を澄まして感じようとしている
目と目が合うっていうことを
手と手をつなぐっていうことを
となりにいるっていうことを

夜の風の中で

――疑問の答えが
必ずしも真実でない世界では
誰かに何かに頼りながら
自分なりの真実をつくり上げて
いくのだろう――

君のために死んだりしない
君のためだけに生きるのさ
愛の意味を考えたら
それはやっぱり君だった
冷たく優しい夜の風の中で
また君のことを考えてる

永遠

永遠に変わらないものなんて
ないのだろう
だから永遠に変わり続けていくのだろう

雲の形だって人の心だってフワフワと
時には光を射したり雨を降らせたり

今いる人達はみんないつか
いなくなってしまうんだ

だから生き急ぐように誰かを愛したり
傷つけたりして
この途方もない生命のレースを
走っている
この手に握りしめたバトンを渡すため
こんなに遅い遅い僕を
君は待っていてくれるだろうか

大切なもの

君に僕の大切なものをあげるよ
とても自慢できるものじゃないけど
たかだかあくびする間ほどの人生で
見つけたとてもとても大切なものさ

だからといって君が気に入らなければ

全て捨ててしまってもいいのさ
誰だって押しつけられることは
嫌いなことさ

わかっているよ　よくわかっているよ
ものの価値なんて
ひとりひとりが決めることさ
ああ　それでも君にあげたいんだ

無駄

あらゆる物を欲しがって
手に入れた途端すぐ飽きる
心のすき間　埋めるため
物にかこまれて生きている

どうしてこんなに無駄なことばかり
してきたのだろう

たどり着いた答えがたくさんの
無駄の上に成り立つとしたら
それは決して無駄ではないのだろうか

だとしても
人間はなんてまわりくどい生き物
大切なことに気づくのは
いつも失くしたあと

それぞれの事情

矛盾した世界なんて誰でも知っているよ
正しいことと正しくないことの
違いはなんだろう
理想とわがままの違いはなんだろう
嘘と本当の違いだって
あやふやなままさ

何十億もの事情を抱えて
それでも地球は回っている
もう振り落とされそうだよ
だから手をつないでいて

昨日の友は今日の敵だって
次は僕がやられる番みたい
いつか地球も止まってしまう
会いたい人にはきっと会えるよ
だから手をつないでいて

輪郭

両手ですくった水が
指と指のすき間からこぼれていく
大事に大事にしていても
どこにでもすき間はあるんだね

嫌なのは　この強欲な自分
嫌なのは　素直じゃない自分

君の言葉は
僕の心の輪郭をなぞるみたい

くだらない自分を
つまらない自分を

心の距離

君の微笑み　決して僕だけのものではない
君の瞳の中　僕だけがいるはずもない
君の心は君だけのものさ
どんなに近づきたくても
目には見えない何かがある
どんなに強く想ってみても

ただの自己満足
押しつけがましい愛の言葉
君の心には残らない
身の程を知っていたのなら
寂しさや虚しさを
感じることもないのかな
それが大人になることなのかな
今日も君は遠かった

強さ

ぼんやりとした灯りの中で
今夜はきっと眠れると思うよ
昼間話した君の言葉は
からまった糸をほどいてくれた
生きていることの苦しみだとか
何一つできやしない辛さだとか

夕日といっしょに沈んでいった
たとえどんなに似ていても
昨日と同じ今日なんてない
今日と同じ明日なんてない
ほら今吹いてるこの風は
いつか僕がついたため息
めぐりめぐる生命の不思議さ
きっと強く生きてゆけるよ

独り

灰色の雲と赤い空
届かぬ想い　叶わぬ願い
今日もまた沈んでゆく
群れからはぐれた　鳥一羽
空を独り占めするけれど
独り占めできるから　独りなんだ
本当の自由なんてそんなもの

幾億も飛びかう意識たち
伝えたいことあるけれど
光や電波じゃ　足りないこと
そして届かぬことの方が多いこと

どんなに強がり言ってみても
全然気持ちは楽にはならない
愛する人に愛されたい
ただそれだけのことなのに

赤い糸

運命の糸はなぜ赤いのか
そこには血液が流れているから
もし君とつないだこの糸が
切れてしまったら
血まみれになってしまうのだろう

薄れていく意識の中で
ただひたすらに君を想い
やがて眠りにつくのだろう
あたたかい赤い毛布にくるまって
夢を見る
そして君に会いに行くのだろう
夢の中の君はいつも笑ってくれるから

重さ

どうしようもないことばかり考える
答えのないことばかり考える
ほこりまみれの言葉など
風が吹き飛ばしてしまうだろう
君の心に残るのは
決して僕の言葉ではない
誰かが言ったことなのか

誰から聞いたことなのか
僕の心がそこにないのなら
真実の重みもないのだろう

どうしたらいいのかなんて
初めから解っていたのだろう
答えはあるのに
ただ認めたくなかっただけだろう
また風が吹き飛ばしてゆく

窓の空

空を見ていた
四角く切りとられた空を
薄暗い部屋　寝転んだままで
風のない日　雲はまだそこにいた

そして僕はまた君の言葉を思い出し
暗がりの方へ　寝返りをうつ
飛べなくてもいい　ただ漂うだけでいい
光満ちあふれるあの空の中を

名前も知らない鳥が飛んでゆく
四角く切りとられた空を
翼のない僕はただ見上げていた

生きる心

信じることがこんなにも
不安になることだったなんて
疑うことは簡単で
なぜだか気持ちが楽になる
気まぐれに吹く風の中で
雲がその形を変えてゆくように

人の気持ちも時とともに変わってしまう
聞こえる言葉は同じなのに
意味や重さが変わってゆくんだね
あの時のあの気持ちのままで
いられないのはなぜ
悲しみもいつか薄れてゆくのだろうか
人は心で生きているんだね
強い心で生きていきたい
今はまだ胸が痛いけど　いつかきっと

考えること

決めつけられて生きてきた
そして自分もまた　知らず知らずに
決めつけて生きてきた

判断基準はただ
みんなと同じか違うかだけで

みんなっていったい誰のこと
嘘をついたり　言い訳したり
素直になったら　ただ利用されて

人は機械じゃないし
機械だって人じゃない
考えることは疲れるけれど
それをやめたらおしまいだから
考えることは生きてゆくことなのかと
また僕は考えている

傘に降る雨

あんなに晴れていた空が
今は真っ黒な雲におおわれて
感傷さえも感じさせないほど
激しい雨が降り続いている

僕の傘に降る雨と　君の傘に降る雨の
どこに違いがあるというの
積み重ねてきた言葉は

たった一言で崩れてしまった

君の瞳を見ていたい
君の声を聞いていたい
君の体に触れていたい
今はもう叶わぬ願い
君の瞳の中にいたい
君の記憶の中にいたい
君の心の中にいたい
今もまだ胸が痛い

流れ星

君を見るのはいつも横顔
頬づえついて窓の外見てるふりして
髪と髪の間から　光が射して
まぶしすぎてよく見えない時もあったけど
君が不意に振り向くと
なぜか目をそらしてしまうんだ
本当は見つめ合いたいはずなのに

君は悲しい時に
星空を見るのが好きだって言ってたね
悲しい時ってどんな時なの
何もできやしないけど
もっと君のこと　知りたいんだ

君の瞳に星が降りるよ
頬つたう前に　願いを叶えて

昼間の星

僕は昼間の星　太陽の光にはかなわない
君からは僕の姿は見えないだろうけど
僕からは君の姿がよく見えるよ
きっと目が合うことはないだろうね
それでも僕は君を見つめているよ

夜になっても君は僕を
見つけることはできないだろうね

だって僕より明るい星なんて
無数にあるんだもの
だけど何万光年離れていても
君に光を届けたい
僕と君との間に流れる時間が
違ったとしても
僕もいつか流れ星になってしまうだろう
音もたてずにひっそりと消えてゆくよ
暗闇の中　一筋の光の残像が
まるで涙が流れた跡のように

明日

交差点から流れる音楽と
小さな竜巻の中　舞っている枯葉と
プラスチックの残骸で息ができない換気口
行き場のない想いを
やり場のない想いを
伝えようのない想いを
叶うはずのない想いを

そしていたずらに時間をもて余し
それでも眠れるのなら
帰るべき場所があるのなら

もしも明日死んでしまうとして
それに気づかないままますることといったら
自分が生きるために
愛する人が生きるために
みんなが幸せになるために
することといったら

愛を

僕の中に愛を
僕の心に愛を
損得を考えない愛を
見返りを求めない愛を
せめてたった一人だけでいいから
幸せにしてあげられる愛を
ひとつだけ愛を

目的地

もう　決めたことだから
いろいろ考えたんだけど
その方が一番いいってこと
誰に聞いてもそう言うはずさ

窓に映る景色が
いろんな記憶をよみがえらせるけど
もう　過ぎてしまったことなんだね

振り返るのは悪くはないけど
立ち止まったままじゃいられないから

言い忘れてた言葉や
置き忘れた心など
何もないはずだったのに
街の灯りが見えなくなるまで
ずっと　見つめていたのはなぜだろう

今　見上げたあの星の光は
何十年も昔の光だってさ

今までの自分が

今の自分をつくったのだから
今の自分は
これからの自分をつくれるはずだよ

近道　回り道　上り坂　下り坂
いろんな道があるけれど
ただ　歩き続けていくだけさ
それぞれの目的地まで

君が流した涙

全てを犠牲にしてまで
手にした夢の向こうには
一体何があるというのか
どんな形であっても
生きていかなければならないのだろうか
少しくらいの痛みなど

君が流した涙にくらべれば
何の意味もないものさ
みんな心を一つだけ持って
それだけを頼りに生きているんだね
わかってくれる人がいる
ただそれだけで
また明日　また明日へと
進んでゆけるんだね

君のさよなら

強がりな君だから
僕に涙を見せぬよう
後ろを向いてさよならをした
震える肩を抱きしめることさえできない
弱い僕はただうつむいたまま
窓の外の景色など何も覚えていない
君のさよならだけが頭の中で

何度も何度もくり返されていた
僕に力があったのなら
僕にお金があったのなら
僕に強い心があったのなら
僕に時間があったのなら
言い訳ばかりを集めてみても
君はもう戻らないけど
同じあやまちだけはしたくないんだ
君の代わりなどいやしないのに

時間割

もしも僕があの人みたいに
お金持ちだったなら
どのようにお金を使うのだろう
車を買うの　家を買うの
不動産を買うの　株を買うの
食べきれないほどのお菓子だとか
読みきれないほどのマンガだとか

それとも君とどこか遠くまで

お金の使用上の注意なんて
お札のどこを見ても書いてないけど
どうか偉い人たちよ
間違った使い方はしないでほしい
そして学校の授業に
お金の時間と　愛の時間を
時間割に入れてほしい
僕のように悩まぬように

欲

君と出会ってから僕は
とても欲深い人間になってしまいました
君に会いたい　いつでも会いたい
君のことを知りたい　もっと話がしたい
君とどこへでもいっしょに行きたい
君とずっといるために　時間が欲しい
お金が欲しい　健康な身体が欲しい
そして僕のことを愛して欲しい

ひとりよがり　自分勝手な想い
ふくらみすぎてゆくばかり
いっそはじけて　消えてしまえばいいのに
僕はこんなに君のことを――
言いかけたけど　途中でやめてしまった
全てに理由をつけて
想いを閉ざそうとしても
決して消せない　願いがある
僕の未来に君がいてほしい
たとえどんな形であろうとも

運命

君と僕とは　運命なんだと
生まれた時から　この時まで
君を探し続けていたのだと
確実に言えるのさ

遙か遠い昔　君と離れてしまってから
いつも凍えたままで
朝の光を待つだけだった
どれだけの夜を越えてきたのだろう

君に　また出会うまで

ただ君といる時間が愛しくて
あと　どのくらい一緒にいられるの
今度は　いつ会えるの
そんなことばかり　考えてる

君だけを愛してる
この言葉　信じてくれるかな
君と一緒に生きていきたい
この言葉　受け入れてくれるかな

目を閉じるたび　君を近くに感じるよ

さえぎるものは　何もないから
あの優しい口づけを　もう一度
そして　微笑んで

今

今まで歩いてきた道は
回り道だったのだろうか
これから進んでゆく道は
遠回りなのだろうか
それは誰にもわからないだろうけど
人は未来を見ることができないから
今で判断するしかないのでしょう
一歩一歩進んでいって
今を積み重ねていくしかないのでしょう

積み重ねては崩し　過ちを犯しながら
今まで生きてきたのです
やりなおしがきくのなら　もう一度
やりなおしましょう
それが償いになるのなら

まるで他人事のように
時間だけが過ぎていきます
どんなに悪い出来事でも
そこには何か意味があるのだと
思っていくしかないのでしょう
今は誰も信じることができなくても
今は神を憎んでるばかりでも

生きていくことができるのなら
いつかきっと　いつかきっとと
思っていくしかないのでしょう

傷つけあうばかりの
悲しすぎるこの世界で
未来を良くしてゆくためには
今を悔いなく精一杯
生きてゆくしかないのでしょう

罪

人は誰も罪を背負っているんだよ
それなのに　自分の手を汚しもしないで
口先だけできれい事ばかり
言っちゃいけないんだ
自分さえよければいいのなら
きっと生きてる価値などない
痛みや悲しみを知らないままじゃ

いつまでも大人ぶった子供のまま
ああ　でも　このことは
僕にもあてはまることなんだ
人の道の歩き方　わかっているのに
わかっているのになぜか
端っこの方を歩いては
分かれ道でまた悩んでる
そんな時はただ君に会いたくなるんだ
何も答えは出なくても
君に会いたい　君に会いたい

目を閉じて

いつも過去のことを悔やんでいたんだった
今を生きなければ
未来なんて来やしないのにね

裸の心じゃ寒くて凍えるから
いくつもの嘘を重ね着してる

愛がもしも実体のあるものだったら

こんなに迷うことはないのにね
いつかいつかと逃げていただけだったんだ
動き出さなきゃ何も始まらないのにね
一歩でも踏み出せる勇気が欲しくて
何かにすがりつきたくなってる
愛がずっと永遠に変わらないのなら
疑う必要などないのにね

灰

穏やかな時の流れの中で
君といっしょにいられること
ただそれだけのことができるのなら
僕はまだ生きていたいと思う
例えばどうしようもないくらい
高い壁が行く手をさえぎろうとも
その先に君が待っていてくれるのなら

僕は壁を乗り越えたいと思う
僕の身体がいつか灰になっても
心の中には君が生きているから
君の心の中にも僕が生きていてほしい
自分勝手な願いでしょうか
勘違いしているだけでしょうか
君は僕のことを忘れてゆくのでしょうか
でも　それは仕方のないことです
人はそうして生きてゆくものです
美しいくらいに儚いのです

後ろ姿

君の後ろ姿が泣いている
どんなに辛いことがあったとしても
僕には何もできやしない
今はそばにいるはずなのに
君を遠く遠く　感じてしまう

いっそ愛に溺れてしまいたいのに

飛びこむ勇気がなかったんだ

君が消えてしまいそうで
まばたきするのも恐いから
ずっと君を見つめていたいよ
でも君は　行かなければならないんだね

まぶたを閉じて　隠した想いが
涙になってあふれる前に　眠りにつくから
目覚めた時には　君はいないだろうけど

足　元

あらゆる出来事に対して
何も感じずに　何も気づかずに
通り過ぎてゆくことが
どんなに多かったのだろうか
全てを解決できるほど
全ての事情を受け入れられるほど

器の大きい人間ではないけれど
走り続けているだけじゃ
足元をじっくり見ていられないから
アスファルトに咲く花にも気づかずに
踏みつぶしていくだけ
時には立ち止まり
くつひもを結び直すことが必要だから
足がもつれて　転んでしまう前に

橋の下

目を閉じると見える　あの青い花
妄想と幻想の間で揺れている

真実は暗闇の中のカラス
光をあててもよく見えない
そこにいるはずなのに

愛は水面に映る月
小石を投げたり　風が吹いたりしただけで
形が変わってしまう
本当の月は空に浮かんでるのに

そして僕は
永遠の時の流れの傍らに立ち
過ぎ去っていくのをただ眺めていた

雪　原

吹雪の中を歩いている
冷たい雪が顔を打つ
手足はかじかみ感覚も失いかけている
道はいつのまにか雪に埋もれていて
振り返ってみても足あとまで消えていた
進むべき道も　戻るべき道もない

それは今の自分によく似ていて
辺りを見渡し　途方に暮れる
降り続く雪の中で僕は死ぬ時のことを思う
ほんのわずかな時間の中で
愛する人とめぐり会えたとして
僕はその人の最期をみとりたいのか
それとも僕の最期をみとられたいのか
どちらか決めることなどできないけれど
雪原の中で僕は死ぬ時のことを思う

紙飛行機

いろんな角度から物事を見ていたら
結局どっちつかずになってしまって
何が正しいのかわからなくなる
答えがひとつだけとは決まっていない
答えがあるとも限らない　そんな世界で

先入観をもって物事を見るようになったのは

いつからなんだろう
サングラスをかけたままじゃ
本当の色はわからないよ
迷路の出口がひとつだけとは
決まっていない
出口があるとも限らない　そんな世界で

今日もまた紙飛行機が飛んでゆく
あのとても　青い青い空を

花

花は散るために咲くのではないはずです
未来に種を残すため
そして僕は何を残せるというのでしょう
今は何もできないかもしれないけれど
決してあきらめたくはないんだ
つまずいて転んでも
きっとただでは起きあがらないから

だから君よ
どうかこんな僕を見捨てないでいて
どうかこんな僕に笑顔を見せて
心の片隅にでいいから
僕の居場所をあけていて
いつかきっとそこに
小さくとも花を咲かせたいんだ
信じてはもらえないかもしれないけれど
僕には君しかいないんだ

愛してる

一人の人を永遠に愛することは
できるのだろうか
一方的な愛ではなく
心を通いあわせることができたその人と
一緒に愛を育てていけたなら
だけど君が死んでしまったら
どうなるのだろうか
君のあとを追うことは愛なのだろうか
それとも君のことをずっと想い続けて

生きてゆくのが愛なのだろうか
君の時計が止まっても
僕の時計は動き続けてしまう
そんな時の流れの中で
君を失くした淋しさに耐えられるだろうか
他の誰かを求めてしまうのだろうか
そんなことを考えても
しょうがないって言うけれど
「愛してる」っていう言葉を使うのなら
深く考えなければいけないと思うんだ
決して軽い気持ちじゃないことを
伝えるために

想う

君のことを想うことは
愛することと同じこと
君を大事にしたいと想う
君を失くしたくないと想う
想うだけじゃ伝わらないけど

今はただ　遥か遠くにいる君を
想うことしかできないから
距離を越えて　時間を超えて
愛することができるとしたら
ただひたすらに　君を想うだけ
報われることのない
はかない祈りのように

となり

いつも僕は思うんだ
君がとなりにいてくれたなら
悲しいことがあった時
楽しいことがあった時
冷たい雨が降った時
穏やかな木洩れ日の中を歩く時

赤い赤い夕日が水平線に沈む時
おいしいものを食べた時
淋しい結末の映画を見た時
ハッピーエンドの映画を見た時
夜一人　天井を見つめている時
夜一人　寝返りをうった時
そして朝ゆっくりと目を覚ました時
いつも僕は思うんだ
君がとなりにいてくれたなら

行進

ほんの小さな夢を抱えて
東へ東へ向かってみたら
いつのまにか西になってた
自分の影を引きずって歩いたのに
自分の影に引きずられていたんだ
誰かの背中を追っている訳ではなく
誰かに背中を押されてる訳でもない
激しい雨と風の中

何のために進んで行くのか
見失いそうになる時もある
高く掲げたあの理想は
今はどこに行ってしまったのですか
いいえ　それはいつも胸の中に
あるはずですが
忘れてしまっているのです
逆立ちして見える世界は
どんな感じですか
みんな笑ってる

嘘

期待をしていた分だけ
失望の度合いも大きくなる
自分の想いと相手の想いは
比例しないいってこと
それは当たり前だって
わかっているけど
君が心で止めた涙は
いつになったら乾くというの

それを強さだとか
それを弱さだとか
君がついた嘘の中に
いくつ「本当」があったというの
言葉を話す者はみんな嘘つきさ
誰も本当のことを正確に話せない
そう　僕も君も嘘つきなんだ
伝えたい気持ちはあるはずなのに
自分を守るため　相手を守るため
どちらにしても　悲しいんだ

時の欠片

時間を気にしている君は
窓の外をずっと見つめたまま
仕方のないこととわかっていても
君のそばを離れたくない
だけどそれより嫌われたくないから
ものわかりのいいふりをして
また君を見送るんだ
君の背中をずっと見つめていたいけど

すぐに人ごみの中に消えてしまうから
それだけのことでさえも叶わぬ願い
君のいない夜が明けたら
君のいない朝が来るよ
いつまでくり返すのだろう
あと何回君を見送るのだろう
失くした時の欠片は
もう戻ることはないから
次に会う時は一秒でも長く
君といっしょにいたいんだ

味方

友達じゃなくて　恋人じゃなくて
愛人じゃなくて　家族でもない
知人じゃなくて　上司じゃなくて
部下じゃなくて　同僚でもない
親戚じゃなくて　仲間じゃなくて
金づるじゃなくて　奴隷でもない
君はどう想ってるか知らないけど

僕は君の味方だよ
決して君と同等なんかじゃない
君の意見を尊重する
君を否定したりしない
君に見返りなんて望んでいない
君と会えなくてもかまわない
君のすることに協力したい
僕にはそんな権利も力もないけど
ただ　君の味方でいさせてほしいんだ

大人

嘘をつくのがうまくなって
ごまかすことがうまくなって
いろんなことを知っても
知らないふりをしたり
不条理なこととわかってても
反論もしないまま
そんな時代さと知ったかぶって

それが時代さと他人のせいにする
その問題に対しての答えなんてない
だって問題からして
間違っているんだもの
僕が大人になるということは
そういうこと
ああ　僕はなぜそうまでして
大人になろうとするのだろう
つまらない大人に
嫌な大人に

音

音を聞いたよ
とてもきれいな音を
君の口から発せられた
とても素敵な音を

うつむいたままで

潤んだ瞳が少し見える

とても小さくて
とても短い
消えてしまいそうだけど
確かに聞いたんだ

とてもとても　愛しい音を

時間

僕はいったい誰だというの
僕はどこに向かおうとしているの
時間を自分のものにしたくて
ただひたすらにスピードを求める
たとえそれが
天に向かってつばを吐くような

愚かな行為だとしても
僕らに残された時間など
ほんのわずかでしかないから
だから愛を手にしたくて
生き急ぐんだ
春を待ちきれずに
冷たい風の中に咲く
あの花達のように

手紙

たまにこうして君に手紙を書きます
返事がこないのはわかっています
出さずにしまっておくだけです
元気にしていますか
幸せにしていますか
僕は少し変わってしまったかもしれません
君のこと　忘れられないから

君のこと　忘れたくないから
たまにこうして手紙を書きます
もう　失くしたくないのは
この想い
愛しい人を想う心
君を失くしてしまったから
せめてそれが残ってくれるなら
まだ　生きてゆける気がします
返事のこない手紙
出さずにしまっておくだけです

駅

人足が途絶えた駅で
最後の電車を待つ
君の白い息は暗闇の中に消えていった
そして誰もいない車両に乗って
しばらくの間　身を委ねる
外は暗いから何も見えないけど
窓に映る君の寝顔を
ただ見つめていたんだ

約束された未来なんてないから
不安なことが多いけど
君の寝顔を見ていると
なぜだかとても安心するんだ
この想いは　何だろう
あと何分か後には
また　会えなくなるというのに
駅の忘れ物保管所は
傘と愛でいっぱいだって
雨が止んだら　忘れてしまうんだね

本質

裏切られても　見捨てられても
だまされても　打ちのめされても
笑いとばせる強さがほしい
復讐したいわけじゃない
ただ　負けたくないだけ

そんな世界の悪意などに
認めさせることが勝つことではなく
認めることが負けることではないはず
物事の本質を理解すること
それが簡単にできたらいいのに
きっと分かりあえる
きっと分かちあえる
喜びも悲しみもいつの日にか

悟り

大事なことに気がついたんだ
こんなに物があふれているのに
何か足りない気がしていたんだ
得体の知れない欲望と
比較することで生まれる幸せなど

今まで何で追い求めていたのだろう
不平や不満など
ただ　自分の空が狭かっただけ
頭の中の宇宙を飛ぶのさ
そこにはもう自由しかないよ
僕はもう悟ってしまったんだ
とても大事なことを

時計

たくさんの通り過ぎていく人達を見てた
どこから帰ってきたのだろう
どこへ帰ってゆくのだろう
果てしなく寄せては返す波のように
誰もいない砂浜に取り残された僕は
どこへ帰ろうとしているのか
もうすぐ今日から明日へ変わるとき

また会えない日々が続いてゆく
満月みたいな時計を眺めて
時間が早く過ぎてほしいと思ったり
時間を止めてしまいたくなったりしてる
勝手な願いではあるけれど
この先の人生で
君と会えない時間より
君と会っている時間の方が
多くなってほしいと思うんだ
朝日みたいな時計を眺めて

ありがとう

軽薄で薄情な愛しか知らない
薄っぺらな自分は
所詮　中身なんて何もないから
ただの空き箱で
ゴミ箱に入るしかないのだろう
だけどそんな僕を君は拾ってくれたんだ
君のその手のあたたかさで

凍っていた心が溶けて
涙になって流れるくらい
とても　とても　嬉しかったよ
ありがとう
感謝してもしきれない
ありがとう
君に会えたことは奇跡に近い
ありがとう
ただ　素直にそう思うんだ

君に……

2004年7月15日　初版第1刷発行

著　者　三浦 真幸
発行者　瓜谷 綱延
発行所　株式会社 文芸社
〒160-0022　東京都新宿区新宿1-10-1
電話　03-5369-3060（編集）
03-5369-2299（販売）
印刷所　株式会社 フクイン

ISBN4-8355-7582-2 C0092